Le chien qui disait non

Le chien qui disait non

Texte de Grégoire Solotareff
Illustrations de Nadja

Mouche de poche
l'école des loisirs
11, rue de Sèvres, Paris 6e

Loi numéro 49.956 du 16 juillet 1949 sur les publications destinées à la jeunesse : septembre 1990
Dépôt légal : mars 1993
Imprimé en France par Aubin Imprimeur à Poitiers

– Maman, dit un jour Benjamin, j'ai besoin d'un chien.

– Que dis-tu ? Tu as *besoin* d'un chien ?

– Oui, dit Benjamin. Les animaux font du bien aux enfants. Ils leur apprennent à être gentils et je pense qu'un animal me ferait du bien.

– Très intéressant, dit la Maman.

– Si on veut être aimé par quelqu'un, il faut être gentil plutôt que méchant, n'est-ce pas ?

– C'est vrai, dit la Maman.

– Eh bien, comme j'ai envie d'être aimé par mon chien, je serai gentil plutôt que méchant, voilà tout !

– Ah bon ? Et pourquoi ne fais-tu pas la même chose avec ton père et ta mère ?

– Parce que vous, vous comprenez tout, vous comprenez donc également qu'on ne peut pas être toujours gentil ; tandis qu'un chien, lui, ne comprend pas tout.

– Et comment appellerais-tu ce chien si tu en avais un ?
– Je l'appellerais Caca.
– Oh ! Benjamin ! Quelle idée ! On ne peut pas appeler un chien comme cela, voyons !
– Je ne vois pas qui je pourrais appeler Caca sinon mon chien.

– Mais personne n'appelle son chien Caca !
– Si. Moi, dit Benjamin.
– Je refuse absolument que tu appelles ton chien Caca ! Quelle horreur ! Le pauvre !
– Tu vois, dit Benjamin, tu as dit « ton chien » ! Tu es d'accord pour m'en acheter un ?

C'est ainsi que Benjamin eut un chien qu'il accepta de ne pas appeler Caca devant ses parents.

Pour tout le monde – sauf pour lui – son chien s'appelait Albert. Benjamin était très content d'avoir un chien comme Albert, blanc et noir. Ils passaient des heures et des heures ensemble.

Mais il y avait une chose que Benjamin ne supportait pas : comme beaucoup de chiens, Albert reniflait puis mangeait tout ce qu'il trouvait par terre : des trognons de pomme ou des os de poulet, des croûtes de fromage.

Un jour, à la fin d'une promenade, Albert ramassa un os dans le caniveau. Benjamin, furieux, tira violemment sur la laisse et tapa le chien sur le museau.

– Caca ! Laisse cet os, sale bête !
Albert eut très mal et ne comprit pas pourquoi Benjamin le frappait si fort.

Au bout d'un moment, Benjamin dit :
– Viens, Caca, on rentre à la maison ! Dépêche-toi, je n'ai pas que ça à faire !
– Non, fit le chien.

Benjamin sursauta. Il n'en revenait pas. Son chien parlait !
Croyant qu'il avait rêvé, il répéta sa phrase :
– Viens, Caca, on rentre à la maison ! Dépêche-toi, je n'ai pas que ça à faire !
– Non ! fit à nouveau le chien.

Benjamin le regarda sans rien dire, d'abord stupéfait.
Puis, fou de joie à l'idée que son chien savait parler comme lui, il se mit à rire et à danser.

Du coup, il oublia qu'il fallait rentrer à la maison et s'assit sur le trottoir.

– Dis-moi, Caca, tu *sais* parler ?

– Non ! dit le chien.

– Comment ? Mais puisque tu sais dire non, tu sais parler !

Le chien regarda son maître et ne dit rien.

– Tu ne sais que dire non ? demanda Benjamin.

– Non, répondit le chien.

– Alors, est-ce que tu sais dire autre chose ?

– Non ! fit le chien.

– J'ai compris. Tu es un imbécile. Comme tous les chiens, d'ailleurs… mais… est-ce que tu es un chien ?
– Non.
– Je vois, dit Benjamin. C'est la preuve que tu ne sais rien dire d'autre. Allez, on rentre, maintenant ! Finalement, ce n'est pas si extraordinaire, un chien qui ne sait dire qu'un seul mot, ça ne m'intéresse pas tellement. Je crois même que je vais te punir pour ça.

À la maison, Benjamin raconta ce qui s'était passé.

– Alors, comme ça, ton chien parle ? demanda son père sans y croire un seul instant.

– En tout cas, dit le petit garçon, il sait dire non.

– Benjamin ! Combien de fois nous t'avons dit de ne pas mentir ?

– En tout cas, mon chien sait dire non.

– Il sait aussi lire et écrire, bien sûr ?

– Demande-le-lui ! dit Benjamin. Il te répondra non.

– Très drôle ! Emporte ton assiette et file. Je ne veux plus te voir ! Benjamin, je vais te dire une chose grave : je regrette que tu sois comme ça.

Benjamin alla dans sa chambre et pleura, pleura, pleura.

Puis il s'assit par terre, mangea quand même son dessert et trouva, premièrement, que la vie n'était pas drôle, deuxièmement, que l'injustice régnait dans sa propre maison.

C'est alors qu'il décida de faire comme son chien. Dorénavant, il dirait non chaque fois qu'on lui adresserait la parole. Au début, ses parents n'y firent pas bien attention. Ensuite ils le punirent. Mais comme cela ne changeait rien, ses parents s'inquiétèrent et on appela le docteur.

– Cet enfant est malheureux, dit le docteur. C'est certain. Je pense que vous êtes trop sévères avec lui. Peut-être êtes-vous même injustes, et ça, l'injustice, les enfants ne l'admettent absolument pas. C'est comme les animaux, vous savez. Si vous êtes injustes avec un animal, il sera peureux et méchant.

Quand le docteur partit, le chien entra dans la chambre de Benjamin.

– À cause de toi je suis puni alors que je n'ai rien fait de mal ! dit Benjamin. Ce n'est pas juste ! J'ai dit la vérité et voilà. Je vais te dire quelque chose de grave, Caca : je regrette de t'avoir comme chien. Va-t'en !

Albert s'en alla tristement à l'autre bout de la pièce. Benjamin aperçut une larme qui coulait sur la joue du chien.

Benjamin réfléchit :
– Suis-je injuste avec Caca ? se dit-il. Je ne devrais pas être injuste avec lui, je déteste l'injustice.

Il dit au chien :
– Caca, je suis sûr et certain que tu sais dire autre chose que non. Et si nous nous disputons parce que tu ne veux pas dire autre chose, nous serons tout seuls dans la vie, chacun de notre côté. Et ce sera si triste !

Tu sais, je pourrais te raconter des histoires d'enfants et toi des histoires de chien… Eh… Albert… Est-ce que, par hasard, tu ne voudrais plus que je t'appelle Caca ?

Le chien ne répondit pas.

– Allez, Albert… viens, ne fais plus la tête. Tu es mon copain, non ?
Le chien ne bougea pas. Puis il se leva et vint se coucher contre Benjamin.

– Albert… Es-tu mon copain ?…
– Oui, fit le chien.